Acquazzoni in montagna

Giuseppe Giacosa

Commedia in due atti

A VITTORIO BERSEZIO

PERSONAGGI

BALDASSARRE.
GASPARE GARBINI.
IL DOTTORE ORAZIO.
HERMANN STEIGER, GUIDA.
CARLETTO, CAMERIERE.
EMILIA, MOGLIE DI BALDASSARRE.
LIVIA, GIOVINE VEDOVA.

Hôtel du Mont-Rose a Gressoney

ATTO PRIMO

Sala comune all'Albergo

SCENA I.

Garbini, Carletto poi Baldassarre.

GARBINI
È possibile trovare una buona guida?

CARLETTO
All'Hôtel du Mont-Rose a Gressoney sempre: ce ne abbiamo oggi appunto una famosa.

GARBINI
Bravo.

CARLETTO
Uno svizzero patentato... Lo faccio salire?

GARBINI
Fallo salire. (Carletto esce, entra Baldassarre).

BALDASSARRE
Garbini!

GARBINI
Baldassarre! (A parte) Oh mio Dio!

BALDASSARRE
Tu sei qui?

GARBINI
Arrivo.

BALDASSARRE
Chi ne capisce nulla? Ci troviamo a Pegli, prometti a mia moglie di rimanerci un mese...

GARBINI
E poi mi seccavo.

BALDASSARRE
L'Emilia era in collera con te!...

GARBINI (a parte)
Me lo dice lui! (Forte) Sono andato a Baden.

BALDASSARRE
Qualche donnetta...?

GARBINI
Per carità! Le fuggo anzi le donne!

BALDASSARRE
Fai male.

GARBINI
Oh! pigliano fuoco troppo presto. Non si può dir loro una mezza parola che non attecchisca.

BALDASSARRE
È vero.

GARBINI
Figurati che a Pegli... io facevo per ridere...

BALDASSARRE
Volevo dire... e hai trovato...?

GARBINI
Un vulcano.

BALDASSARRE
Chi era?

GARBINI (da sè)
Che diamine gli dicevo adesso! (Forte) E l'Emilia è con te?

BALDASSARRE
Pur troppo! Vado ad avvertirla.

GARBINI
No, lascia.

BALDASSARRE
Ora rimani con noi?

GARBINI
Riparto domattina.

BALDASSARRE
Per dove?

GARBINI
Pel Monte Rosa.

BALDASSARRE
Non ci siamo?

GARBINI
All'albergo. Io vado sul vero.

BALDASSARRE
Sul vero Monte Rosa?

GARBINI
Già.

BALDASSARRE
Sul vero Monte Rosa?

GARBINI
Sì.

BALDASSARRE
Tu? una mezza botte?

GARBINI
La botte è piena di vino buono.

BALDASSARRE
Lo spanderai per istrada. Mia moglie non ti lascierà partire.

GARBINI
Ragione di più... cioè... Sono irremovibile: aspetto la guida.

BALDASSARRE
Ma ci sono i ghiacciai.

GARBINI
Bravo. Io fuggo i vulcani.

BALDASSARRE
Che idea.

GARBINI
Ecco la guida.

SCENA II.

Steiger e detti.

GARBINI
Voi siete la guida?
(Steiger gli porge un libretto).

GARBINI
Che cos'è?

STEIGER
Il mio libretto. Hermann Steiger guida di Zermatt.

GARBINI (a Baldassarre)

Scusa, veh!

BALDASSARRE
Fai, fai.

GARBINI
Vorrei fare un'ascensione.

STEIGER
Si può fare.

GARBINI
Al Monte Rosa.

STEIGER
Si può fare.

GARBINI
Domani.

STEIGER
Da Zermatt sarebbe più corta.

GARBINI
Ma siccome non ci siamo a Zermatt... quante ore di cammino?

STEIGER
Eh! secondo le gambe. Da Gressoney al Lyskamm dodici ore, otto dal Lyskamm al Riffel, e dodici dal Riffel alla punta.

GARBINI
Vale a dire in tutto?

STEIGER
Trentadue ore. In montagna si fanno in un giorno.

GARBINI
Ah! (a Baldassarre) Trentadue ore di cammino!... E pericolo?... (a Steiger).

STEIGER
No. Dipende dalla montagna.

GARBINI
Ah dipende...?

STEIGER
Se la montagna è buona, con molta prudenza, una buona corda, un bel tempo, non patir vertigini, uno stomaco di ferro, dei polmoni d'acciaio, ci si va benissimo.

GARBINI
E se la montagna è cattiva?

STEIGER
Bisogna vederla.

GARBINI
Voi l'avete già fatta l'ascensione al Monte Rosa?
(Steiger gli porge il libretto).

GARBINI
Che cosa è?

STEIGER
Il mio libretto. Hermann Steiger, guida di Zermatt. Era io che accompagnavo sir Braddon quando è caduto.
GARBINI
Caduto?

STEIGER
In un crepaccio.

BALDASSARRE
Garbini... (ride).

GARBINI
E si è fatto molto male?

STEIGER
Male no. Abbiamo parlato, lui dal fondo ed io di su.

GARBINI
Ah! ah!

STEIGER
Ma non c'è stato più verso di cavarlo.

GARBINI
Eh?
(Baldassarre ride).

GARBINI
Ride! E fu nel salire al Monte Rosa che...?

STEIGER
Sì signore. Le farò vedere il luogo preciso.

GARBINI
Ci passeremo?

STEIGER
Sicuro; traverseremo lo stesso crepaccio.

GARBINI
Traverseremo lo stesso crepaccio? — (a Baldassarre) Traverseremo lo stesso crepaccio. — E in che modo lo traverseremo?

STEIGER
Secondo. Se è coperto, a piedi.

GARBINI
Così?

STEIGER
Sulla neve.

GARBINI
E sotto la neve?...

STEIGER
Bella roba!

GARBINI
E se non è coperto?

STEIGER
Se si potrà saltarlo lo salteremo.

BALDASSARRE
Acrobata!

STEIGER
Io per il primo, e poi aiuterò lei colla corda.

BALDASSARRE
Quanto darei per vederti.

GARBINI
E se non si potrà saltarlo?

STEIGER
Lo si gira. O in un modo o in un altro bisogna passarlo.

GARBINI
Meno male. Mi rincrescerebbe rinunziarci. Quanto sono profondi i crepacci?

STEIGER
Cinquanta, cento, duecento metri.
(Baldassarre ride).

GARBINI
Ride! Che ci trovi da ridere?

BALDASSARRE
Nulla, nulla, tira innanzi.

GARBINI
Se credi che mi spaventi quello che racconta!

STEIGER
Il signore non ha paura della montagna.

GARBINI
Non ho paura, lo si vede. Dunque siamo intesi, domattina.

STEIGER
Alle due dopo mezzanotte.
GARBINI
Così presto?

STEIGER
Per arrivare al ghiacciaio prima che il sole ammollisca la neve.

GARBINI
E quanto al prezzo?
(Steiger porge il libretto).

GARBINI
Sì, lo so. Hermann Steiger, guida di Zermatt, e poi...?

STEIGER
Cento lire in oro. Tariffa.

GARBINI
Caro!

STEIGER
Ne va della vita.

GARBINI
Siamo intesi. A domattina.

STEIGER
Sissignore. (S'avvia).

GARBINI
Steiger?... Sir Braddon, è vero, quell'inglese?...

STEIGER
Sissignore.

GARBINI
E... è morto?

STEIGER
Pare. Di là non è uscito.

GARBINI
Potete andare.

STEIGER
A domani.

GARBINI
A domani. (Steiger esce).

SCENA III.

Garbini e Baldassarre.

GARBINI
Ecco come sono fatto io; mi piglio di questa sorta di spassi.

BALDASSARRE
Gaspare, se hai sofferto qualche gran dispiacere puoi confidarmelo, siamo amici vecchi e la parentela che ti unisce a mia moglie raddoppia i diritti dell'amicizia. Forse è la provvidenza che mi ha messo sul tuo cammino.

GARBINI
Adesso rido io.

BALDASSARRE
Non farmi il cinico. Uno non si abbandona ad una estremità simile a quella che stai meditando senza una seria ragione.

GARBINI
Quanto all'estremità non ci ho nulla a ridire, ma la ragione c'è.

BALDASSARRE
Sentiamo.

GARBINI
M'annoio.

BALDASSARRE
Sei stanco d'essere al mondo?

GARBINI
No, anzi. — Di tutte le cose che ci compensano della morte, trovo che la vita è la migliore. Sono stanco di prevedere sempre quello che farò.

BALDASSARRE
Non è una ragione per rompersi il collo, la cosa più prevedibile di tutte.

GARBINI
Mi faresti la grazia di trovare delle immagini più sorridenti?

BALDASSARRE
Fai a modo mio. Ci sono passato ancor io per quello stadio, ed ho trovato lo specifico. Segui il mio esempio.

GARBINI
Prender moglie?

BALDASSARRE
No. Meglio il Monte Rosa.

GARBINI
Eppure capisco che finirò lì.

BALDASSARRE
Per carità!

GARBINI
Oh Dio, ci sono delle mogli che non vogliono bene al marito... Sono casi rari.

BALDASSARRE
E ce ne sono di quelle che gliene vogliono troppo!

GARBINI
Più rari ancora.

BALDASSARRE (vanitoso)
Non è vero! Non è vero!

GARBINI
Che aria volpina.

BALDASSARRE
Te lo confido perchè mi sei amico, perchè vai via, e per indicare un rimedio al tuo male. Io tradisco mia moglie.

GARBINI
Anche tu?

BALDASSARRE
La tradisco indegnamente. Faccio male, lo so; ma non ne potevo più. Ero come te, mi seccavo... Quella poveretta non sa farsi valere. È bella, è buona, non m'infastidisce col troppo zelo, non mi tiene legato, ne soffre, capisco che ne soffre, ne soffre in secreto...

GARBINI (a parte)
E gli è che lo crede!

BALDASSARRE

Tutte buone ragioni, ma mi seccavo. Ho cominciato ad ingannarla, e sono l'uomo più felice del mondo. Imita il mio esempio!

GARBINI

Non posso tradire una moglie che non ho.

BALDASSARRE

Ti dico una cosa nera per un marito: tradisci la donna degli altri!

GARBINI

E non temi che alle volte tua moglie...

BALDASSARRE

Che!

GARBINI

Per darti una distrazione...

BALDASSARRE

Che!...

GARBINI (ride fra sè, poi forte)

O se venisse a scoprire?...

BALDASSARRE

Sono due sole le vie che conducono allo scoprimento di questi secreti: le confidenze e le lettere. Ora, io di confidenze non ne faccio a nessuno.

GARBINI

Bravo!

BALDASSARRE

E di lettere... (ne trae una di tasca) Guarda, scritta in rotondo e senza firma.

GARBINI

E come farà a capire...?

BALDASSARRE

Glie la do in persona.

GARBINI

È qui?

BALDASSARRE

Già.

GARBINI

Maritata?

BALDASSARRE

Vedova, ma c'è quasi un marito.

GARBINI
Qui anche lui?

BALDASSARRE
Già, il dottore Orazio.

GARBINI
La signora Livia?

BALDASSARRE
Sst!

GARBINI
Baldassarre!
BALDASSARRE
Gaspare!

GARBINI
Ti restituisco il consiglio. Vieni con me al Monte Rosa; sei matto, è innamorata di Orazio, ti riderà alle spalle, e alla tua età...

BALDASSARRE
Eh! eh! eh!

GARBINI
Ma insomma, a che punto sei?

BALDASSARRE
Certe cose non si dicono.

GARBINI
Tanto inoltrato? E Orazio non dice nulla, geloso com'è?

BALDASSARRE
Non vede nulla.

GARBINI
Non ha mai sospettato dei vostri convegni?

BALDASSARRE
Convegni... convegni proprio non ce n'è stati.

GARBINI
Ah!

BALDASSARRE
Non ce n'è ancora stati.

GARBINI
Corrispondenza...?

BALDASSARRE
Questa è la prima. Non farmi dire.

GARBINI
Dichiarazioni reciproche di...

BALDASSARRE
C'è bisogno della parola?

GARBINI
Occhiate?... Occhiate?! E hai dei rimorsi? Ma, Baldassarre, ma vieni qui... delle occhiate? Ma ti pare? A' tuoi tempi non so, ma adesso le occhiate le danno per nulla le donne... per nulla.

BALDASSARRE
Vedremo domani.

GARBINI
Domani?

BALDASSARRE
Domani parte. Quel dottore gliene deve aver dette tante!... Oggi le consegnerò la mia lettera... No, no... non ti darei retta; tu non sai come stanno le cose. Le consegno la lettera...

GARBINI
Nella quale...?

BALDASSARRE
Le chieggo un appuntamento.

GARBINI
Guarda, quasi m'indurresti a rimanere.

BALDASSARRE
Fallo. Occupati di mia moglie che non s'avveda di nulla.

GARBINI
No; lasciami partire, credilo. Non sai che servizio ti rendo coll'andarmene.

BALDASSARRE
Che servizio?

GARBINI
Ti risparmio forse... una scioccheria.

BALDASSARRE
Scettico!

GARBINI
Le signore...!

BALDASSARRE
Qui, dietro di me, che non ti vedano. Voglio far loro una sorpresa.

GARBINI
Giovinotto! (Rimane nascosto dietro Baldassarre).

SCENA IV.

Emilia, Livia e detti.

BALDASSARRE
Ben tornata.

LIVIA (a Baldassarre)
Sì, sì, l'aggiusteremo.

EMILIA (si getta a sedere)
Ah! sono stanca.

LIVIA (che non vide Garbini)
Non ha veduto il dottore?

GARBINI (piano a Baldassarre)
Ahi!

BALDASSARRE
Nossignora.

EMILIA
Povera signora Livia!

LIVIA
E lei ci lascia andar sole a passeggio?! Non è galante!... Perchè non è venuto con noi?

BALDASSARRE (piano a Garbini)
C'è sempre mia moglie, mi secca.

LIVIA
Dunque?...

BALDASSARRE
Ecco... le dirò...

LIVIA
Ma che fa laggiù? Perchè non... (Si volta) Oh! Garbini!

EMILIA (scattando in piedi)
Chè!

LIVIA (che se n'avvede)

Ah! ah!

GARBINI
Come sta la signora Livia?

LIVIA
Quando è arrivato?

GARBINI
Or ora. (Ad Emilia) E la mia bella cugina?

BALDASSARRE (ad Emilia)
Glie l'ho detto, sai, che eri in collera con lui.

EMILIA
Allora è inutile ch'io lo ripeta.

GARBINI
Sono perdonato?

EMILIA
Vi faccio la grazia.

GARBINI (da sè)
Com'è indulgente!

LIVIA
E si può conoscere il delitto di Garbini?

BALDASSARRE
Oh! in due parole: mia moglie è infatuata di suo cugino.

EMILIA (piano a Garbini)
Ero sicura che sareste venuto.

GARBINI (da sè).
Ahi!

LIVIA
E di dove viene ora?

GARBINI
Da Baden.

LIVIA
Ah!... c'è rimasto un po' di tempo?

BALDASSARRE
Le dicevo appunto che mia moglie...

GARBINI
Ci sono rimasto otto ore.

LIVIA
Ha giuocato?

GARBINI
Sì.

LIVIA
Ha guadagnato?

GARBINI
Sì, il primo treno celere che ne ripartiva.

LIVIA
Che furia!

BALDASSARRE
È quello che dicevo io... e mia moglie era in collera...

LIVIA
Mi sbarazzi dello scialle...

BALDASSARRE (con gran premura)
Oh!

GARBINI (piano a Baldassarre)
Non ti lascia dire.

BALDASSARRE (piano a Garbini)
Perchè le parlo di mia moglie.

EMILIA
E come mai siete capitato a Gressoney?

GARBINI
Dirò...

EMILIA
Non vi pensavate di trovarci? (Piano) Dite di no.

GARBINI
No, davvero.

LIVIA
Vedrà che bel soggiorno.

BALDASSARRE
È vero. Io qui divento un altro.

EMILIA
Sì, molto pastorale. C'è tutto quello che non occorre.

BALDASSARRE
L'uomo non vive di solo pane.

LIVIA
È poeta!

GARBINI
Dacchè è diventato un altro.

EMILIA
Già. A mio gusto, bisogna averci delle serie ragioni per rimanere qui un pezzo.

LIVIA
Un luogo è bello secondo le persone che ci si trovano.

EMILIA
Andate fuori, bisogna impellicciarvi fin qui. C'è sole, brucia... e via lo scialle... Svoltate, una brezza che vi gela il sangue. È un sereno incantevole... non passano dieci minuti che diluvia. Uscite coll'ombrello, si leva un vento...

BALDASSARRE
Che porta via le nuvole...

EMILIA
E l'ombrello. L'erba dei prati è un formicaio: sui tronchi rovesciati non ci potete sedere per la colla che gemono; i sassi sono coperti di muschi pungenti; in tutta Italia, di tutte le serpi ce n'è una sola velenosa, la vipera; ebbene, qui non c'è che quella, e ce n'è un subisso. L'acqua che bevete vi rompe i denti dal freddo. Gli uomini all'albergo stanchi, laceri, orribili tutti.

BALDASSARRE
Grazie.

EMILIA
Non dico per te.

GARBINI
Dice per me?

EMILIA
No, ma è un fatto. Domandatene la signora Livia. Questi alpinisti! Arrivano qui calzati in un modo! e vestiti! Fanno tremare la casa! e pon si piantano sul bastone... guardate in terra, c'è tutto bucherato; sono le punte delle loro mazze. Arrivano inzaccherati, luridi, colano acqua e sudore, sanno di pipa, hanno un grosso cappello a piume e fiori secchi, e la faccia poi, la faccia fa ribrezzo! Le labbra grosse, violacee, rotte; gli occhi che non sanno più guardare; il naso gonfio; la pelle, dove rimane, arsa, nera rossa, gialla, screpolata; le mani inerti. Si buttano sul sofà, parlano forte, ridono più forte, fumano più forte, bevono più forte e poi a letto; e il mattino alle due, ton, ton; la casa è di legno... un baccano! Vi svegliate di sussulto... che cos'è? Rovina il tetto?... Sono quei signori che partono. — C'è da ammalarsi, c'è da ammalarsi!

BALDASSARRE (piano a Garbini)
Come si sente la donna che soffre!

GARBINI
Arrivano sfigurati a quel modo?

LIVIA
Già, il ghiacciaio...

GARBINI
Ah il ghiacciaio riduce...?

BALDASSARRE
Tu che volevi...
EMILIA
Ah! il mio buon mare!

LIVIA
E malgrado ciò mi rincresce partire.

BALDASSARRE
Brava! ecco... il mare! Non ho mai capito che ci sia nel mare.

GARBINI
Dell'acqua!

EMILIA
Signora Livia, con permesso, vado a rifare un po' di toletta.

LIVIA
Faccia.

EMILIA (piano a Garbini)
Avete fatto bene a partire da Pegli.

GARBINI
Ah!

EMILIA
Ci osservavano. Come avete saputo che ero qui?

GARBINI
Ecco, se devo dire...

EMILIA
L'avete letto sul giornale dei viaggiatori?

GARBINI
Brava! appunto.

EMILIA
Persecutore! Con permesso... (Via).

GARBINI (da sè)
Fortuna che domani me ne vado.

SCENA V.

Livia, Baldassarre e Garbini

GARBINI
Mi ha detto Baldassarre che è qui anche il dottore Orazio.

LIVIA
Sì, signore.
GARBINI
Non lo si vede.

LIVIA
Oh il dottore! Lei lo conosce... un misantropo... erborizza!

BALDASSARRE (piano a Garbini)
Lasciaci soli.

LIVIA
E lei rimane?

GARBINI
Domattina parto pel Monte Rosa.

LIVIA
Ah! non lo spaventa la descrizione di sua cugina?

GARBINI
Non ci tengo alla mia bellezza.

LIVIA
Che fa là, signor Baldassarre? Qui, segga un momento: vorrebbe già correr dietro a sua moglie?

BALDASSARRE
Oh anzi, le giuro che... (piano a Garbini) Vattene.

LIVIA
Ecco un marito modello!

BALDASSARRE
Oh! signora Livia, che ironia! (da sè) Non se ne va... Se perdo quest'occasione... (forte) Che numero hai?

GARBINI
Che numero ho!?...

21

BALDASSARRE
Che numero... la camera?

GARBINI
Ah!... numero sette. Di qui?...

BALDASSARRE
Sì, di là, credo.

GARBINI
Allora...

BALDASSARRE (da sè)
Finalmente!
LIVIA (a Garbini)
Ma ritorna qui dal Monte Rosa?

GARBINI
Nossignora, scenderò in Isvizzera.

LIVIA
Una grande ascensione.

GARBINI
Per cominciare...

BALDASSARRE
Auff!!

LIVIA
E a lei non è venuta l'idea di accompagnarlo?

BALDASSARRE
Io... io... sto tanto bene qui.

LIVIA
Lei... fanatico della montagna.

BALDASSARRE
Dirò... sicuramente... la...
(Garbini si è allontanato).

LIVIA
Ha già trovato la guida?

BALDASSARRE
Io?...

LIVIA
No, Garbini.

GARBINI
Sissignora. (esce).

LIVIA
Non esser uomo!

BALDASSARRE
Sta tanto bene... donna!

LIVIA
Le pare?

BALDASSARRE
Io non esito a dirglielo; gran parte della passione che m'ispira questo paese non è che... glielo assicuro; questi pochi giorni passati qui lascieranno nel mio cuore un ricordo dolcissimo e... Dio nol voglia, delle conseguenze funeste!

LIVIA
Conseguenze funeste?

BALDASSARRE
Pur troppo!

GARBINI (ritornando)
Manca la chiave.

BALDASSARRE (si volta arrabbiato)
Eh?... va...

LIVIA
Che dice?

GARBINI
C'è chiuso a chiave in camera mia: mi sa dire dove le tengono?

LIVIA
Le tiene tutte Carletto.

BALDASSARRE
Che è dabbasso. (da sè) Seccatore.

LIVIA
Lo chiami di qui e verrà subito.

BALDASSARRE
Sì, è sordo come una campana.

LIVIA
Non è vero.

BALDASSARRE
Oh altro!

LIVIA
Eccolo qui.

BALDASSARRE
Ah meno male!

SCENA VI.

Carletto e detti.

GARBINI
Vorrei entrare in camera mia.

CARLETTO
Numero sette? Non si può.

BALDASSARRE
Come non si può? Un forestiere non può entrare in camera quando gli piace?

CARLETTO
C'è tutto sossopra; andavo giusto...

GARBINI
Aspetterò, ma presto...

BALDASSARRE
Che servizio! che razza di servizio! Ne scriverò al Bollettino del Club alpino.

CARLETTO
Ma scusi...

BALDASSARRE
Meno chiacchere... che insolenza! (a Garbini) Se vuoi intanto nella mia camera...

CARLETTO
Oh! faccio in un minuto. (esce).

BALDASSARRE (da sè)
Lo fa apposta.

LIVIA
Signor Baldassarre?

BALDASSARRE
Mi comandi.

LIVIA
Mi porga quel ricamo.

BALDASSARRE
Subito.

GARBINI (guardandolo affrettarsi)
Imbecille.

LIVIA
Ed ora continui.
BALDASSARRE
Che?

LIVIA
A dirmi le belle cose di poco fa. Stia a sentire, Garbini.

BALDASSARRE (da sè)
E va bene: a momenti arriva il dottore... (per subita idea) Ah! (chiamando) Carletto! — Scusi, signora Livia... Carletto!... (a Garbini) Mi fai la grazia, due minuti qui fuori? (c. s.) Carletto!... ma guarda se viene... e non è sordo?

GARBINI (a Livia)
Lei lo ha fatto impazzire.

LIVIA
Se n'è già avveduto?

GARBINI
Me lo ha confidato lui.

LIVIA
Lo guarirò, stia tranquillo. (entra Carletto).

SCENA VII.

Carletto e detti.

BALDASSARRE
Finalmente!

CARLETTO
Mi comanda?

BALDASSARRE (a Livia)
Perdoni... (a Carletto piano) Sei buono di fare una cosa per bene?

CARLETTO
Mi proverò.

BALDASSARRE
Il signor Garbini ed io usciremo; appena siamo fuori tu consegni questa lettera alla signora Livia.

CARLETTO
Perchè non glie la dà lei?

BALDASSARRE
È uno scherzo... e le dici bene che sono io che te l'ho data... Il signor Baldassarre... hai capito?

CARLETTO
Sì, signore.

BALDASSARRE (dandogli danaro)
Tieni, appena siamo fuori. (a Garbini) Un momento, ho dimenticato di dirti... (a Livia) Torniamo subito. (via a braccetto con Garbini).

SCENA VIII.

Livia e Carletto.

LIVIA (da sè)
E Orazio non torna!
(Carletto le porge la lettera).

LIVIA
Che cos'è?

CARLETTO
Me l'ha data il signor Baldassarre che gliela consegni.

LIVIA
Ah! bene. (Carletto via). La sua brava dichiarazione. La leggo, o no? Oh la leggo. (l'apre). Senza intestazione! Mi aspettavo di più. Un «Adorata donna!» o un «Signora!» o almeno un «Livia!» col punto ammirativo, ci stava tanto bene. (legge).

«A pochi passi dall'albergo, di là del ponte, dove il torrentello che scende di Valdobbia precipita in cascata, c'è un luogo recondito, misterioso, che al raggio della luna diventa quanto di più incantevole sia uscito dalle mani del Creatore...» Ah! un appuntamento!... «Stassera la luna si leva alle 8, ed alle 8 ½ inargenterà i nebbiosi sprazzi della cascata. Un uomo capace di comprendere la selvaggia poesia della natura non può ispirarvi nessun serio timore.» Oh, no, no! «Se quando saremo tutti radunati in sala, voi direte di volervi ritirare presto, intenderò che avete in animo di farmi il più felice degli uomini!»

Ah! via! signor Baldassarre, per un uomo capace di comprendere la selvaggia poesia della natura è un po' troppo!... Come corre! Bisogna guarirlo. Poh! domani vado via... Però una lezioncina... (osserva la lettera) Non c'è la firma... (pensa) Ah! sarebbe troppo bella! Quell'altra che faceva le allusioni ad Orazio... che s'è levata così di scatto quando vide Garbini e... no, no, non può riuscire... conoscerà la calligrafia del marito... (guarda la lettera) È scritta in rotondo... Oh! sarebbe peccato non provare. (Chiama) Carletto!... Se tiene, vale la pena di rimanere un giorno di più per vedere... Ah! mi dài un appuntamento? Ci manderò tua moglie.

SCENA IX

Carletto e detta.

LIVIA
Ah! Carletto, hai sbagliato; questa lettera non viene a me.

CARLETTO
Sissignora, le assicuro.

LIVIA
Va, non fa nulla; la porterai alla signora Emilia.

CARLETTO
Alla moglie del signor Baldassarre?

LIVIA
Sì.

CARLETTO
Ma...

LIVIA
Fa quanto ti dico. E non le dirai chi te l'ha data.

CARLETTO
E se domanda?

LIVIA
Risponderai: una persona che non vuole essere nominata. È uno scherzo, capisci?

CARLETTO
Ah! me lo diceva anche il signor Baldassarre che era uno scherzo.

LIVIA
Vedi? Ah! e se il signor Baldassarre ti domanda...

CARLETTO
Ah sì! se domanda...?

LIVIA
Risponderai che l'hai consegnata.

CARLETTO
Che è la verità.

LIVIA
Che è la verità. Va!

CARLETTO
Ci sarà poi da ridere?

LIVIA
Speriamo. Presto... (Carletto via). Partirò posdomani.

SCENA X.

Orazio e detta.

ORAZIO
Sola? che miracolo!

LIVIA
Ah! vi credevo partito, in parola d'onore!
ORAZIO
No, domani.

LIVIA
Dove siete stato?

ORAZIO
In giro per la montagna. Ho raccolto delle felci rare e bellissime.

LIVIA
Me ne rallegro tanto. E vi siete divertito?

ORAZIO
Lo sapete bene che detesto la compagnia del signor Baldassarre e consorte.

LIVIA
Speravo che la mia bastasse a compensarvene. (a Carletto che rientra) Consegnata?

CARLETTO
Sissignora.

LIVIA
Ha domandato di dove veniva?

CARLETTO
Ho risposto come mi aveva detto lei.

LIVIA
E, è bastato?

CARLETTO
Sissignora. Ha sorriso ed ha detto: capisco.

LIVIA
Va bene. (Carletto via dal fondo).

ORAZIO
(è stato attentissimo, ma non vuol parere)

Domani si parte?

LIVIA
No, posdomani o poi.

ORAZIO
Avete mutato d'avviso?

LIVIA
Ho mutato d'avviso.

ORAZIO
Ed è permesso domandarvene il perchè?
LIVIA
Domandate.

ORAZIO
Dunque?

LIVIA
Per lasciarvi raccogliere delle altre felci.

ORAZIO
È uno scherzo?

LIVIA
No.

ORAZIO
Era tutto deciso... ho preparate le valigie...

LIVIA
Eh, padrone.

ORAZIO
Livia, andiamo, non tormentatemi. Siete un po' in collera con me, perchè non mi son fatto vedere in tutto il giorno e volete vendicarvene, lo capisco; ma, se ve ne chieggo perdono sul serio?

LIVIA
Non c'entra nessuna vendetta. Il tempo è bello...

ORAZIO
Sì, un acquazzone al giorno!

LIVIA
Che dura mezz'ora.

ORAZIO
Davvero volete rimanere?

LIVIA

Sì, un giorno di più, due giorni al maximum; è uno scherzo che vi dirò poi, e riderete. — Già in pensiero?...

ORAZIO

No, ma non capisco.

LIVIA

Capirete.

ORAZIO

Che cos'è quella storia di Carletto?

LIVIA

Che storia?

ORAZIO

Sì, or ora...

LIVIA

Una lettera che gli ho data a portare.

ORAZIO

Una lettera? A chi?

LIVIA

Ah!

ORAZIO

Rispondete.

LIVIA

Mah!

ORAZIO

Livia, ve ne prego.

LIVIA

Con quel tono?

ORAZIO

Ma che cos'è seguìto di nuovo? Che cos'è? Perchè mi dite così? — Dovevate partire, lo sapete che questa vita mi uggisce con quegli sciocchi; mi avete dato il diritto di pretendere...

LIVIA

Pretendere?

ORAZIO

Sì, di pretendere, lo ripeto. Sapete che vi voglio bene... mi avete promesso.

LIVIA
Vi ho promesso che avrei acconsentito a sposarvi se e quando fossi stata bene sicura del perfetto accordo dei nostri caratteri; ho spinto la cortesia fino al segno di permettervi d'accompagnarmi, mai fino a quello di autorizzare un sindacato che mi offende e che non sopporterò mai.

ORAZIO
Il mio congedo?

LIVIA
No; andate là, non sragionate, e sovratutto non insistete. Ora io non cederei di un palmo, e voi, focoso come siete, potreste fare e, quel che è peggio, dirmi delle scioccherie. Vi assicuro che non avete ragione di adombrarvi.

ORAZIO
Ditemi soltanto perchè volete rimanere.

LIVIA
No.

ORAZIO
A chi era diretta quella lettera?

LIVIA
Orazio...

ORAZIO
Lo voglio sapere.

LIVIA
Cercate.

ORAZIO
Ah! lo saprò! Qualche cosa o qualcheduno si è messo ad un tratto attraverso la mia strada, lo scoprirò!

LIVIA
Orazio, farete qualche scempiaggine!

ORAZIO
Ah! scrivete delle lettere... qui all'albergo e non mi volete dire...? Oh! saprò io.

LIVIA
Bel merito! interrogando di soppiatto il cameriere.

ORAZIO
Oh non interrogherò nessun cameriere, non commetto bassezze, io.

LIVIA
Badate che vien gente.

SCENA XI.

Baldassarre, Garbini e detti, poi Emilia.

ORAZIO (vedendo Garbini)
Garbini qui?

LIVIA
Non lo sapevate?

ORAZIO
Ah lo sapevate voi?

GARBINI
Orazio, ho chiesto di te alla signora Livia.
ORAZIO (secco)
Grazie, quando sei arrivato?

GARBINI
Oggi.

ORAZIO (da sè)
Oh, ma saprò bene vederci chiaro.

BALDASSARRE
Ecco mia moglie. (Emilia entra).

GARBINI
A che ora si desina?

LIVIA
A momenti.

GARBINI
Va bene, perchè stassera mi occorre andare a letto di buon'ora.

BALDASSARRE
Ah sì, la tua ascensione al Monte Rosa.

EMILIA
Al Monte Rosa?

GARBINI
Già, e siccome mi toccherà partire alle due dopo mezzanotte...

EMILIA (piano a Garbini)
Ben trovata.

ORAZIO
Cosicchè non avremo il piacere di vederti partecipare ai nostri dilettevoli passatempi serali. Si giuoca alla fiera.

BALDASSARRE (guardando Livia)
E non dice nulla.

EMILIA
Veramente stassera ancor io... ho un po' di emicrania... e credo che non potrò...

LIVIA (da sè)
Ci è cascata.

BALDASSARRE (guardando Livia)
Io pure... oggi ho trovato il parroco qui del paese... il quale mi vuol mostrare un messale antico... e si è combinato che stassera... (E non parla).

LIVIA
Cosicchè, dottore, si rimane noi due.

BALDASSARRE (da sè)
Non viene.

LIVIA
E in verità, per un giuoco che si chiama la fiera, saremo pochini. Sapete che cosa farò? Dacchè tutti disertano, andrò a letto alle otto.

BALDASSARRE (da sè)
Ah! (piano a Garbini) Trionfo.

ORAZIO (da sè)
Qui c'è sotto qualche cosa.

CARLETTO (entrando)
È servito in tavola.

BALDASSARRE
Bravo! Ho una fame... Come sto bene!

EMILIA (piano a Garbini)
Però siete un imprudente.

GARBINI
Ah! pel Monte Rosa.

LIVIA (da sè osservandoli)
Non bisogna che si spieghino.

EMILIA
Affidarlo ad un cameriere. (Garbini non capisce).

LIVIA
Garbini, offritemi il vostro braccio.

GARBINI
Subito — grazie. (fra sè) Che diamine?

ORAZIO (da sè)
Ha chiamato lui!

BALDASSARRE
Dottore, date il braccio a mia moglie.

ORAZIO (eseguisce)
Perdoni... (s'avviano tutti).

BALDASSARRE (a Carletto)
Sei un bravo ragazzo: tieni! (gli dà una mancia).
CARLETTO
Grazie!

BALDASSARRE (avviandosi)
Sei un bravo ragazzo!
(Cala la tela).

ATTO SECONDO

(La stessa decorazione)

SCENA I.

Garbini, Carletto e Steiger.

GARBINI (entrando tutto fradicio di pioggia)
Ah! la buon'acqua! Carletto, del fuoco subito, una grossa fiammata, una fiammata enorme che bruci la casa. Ah! la buon'acqua. Ah! la buon'acqua!!

CARLETTO
Il signore non è salito al Monte Rosa?

GARBINI
No, no, non ci sono salito al Monte Rosa e non ci salirò mai, mai. Presto il fuoco, o divento un sorbetto! No, non ci sono salito al vostro Monte Rosa, al vostro maledetto, al vostro infernale Monte Rosa!

CARLETTO (che ha acceso il fuoco)
Ecco.

GARBINI
Ah! Ah! Ah! Dio ti ringrazio! Venite qui voi (a Steiger), fatevi asciugare.

STEIGER
Grazie (non si muove).

GARBINI
C'è posto per tutti due.

STEIGER
Non occorre.

GARBINI
Come non occorre? Se grondate come me...

STEIGER
Io la conosco l'acqua della montagna.

GARBINI
Oh! la conosco ancor io, e per bene (si guarda). Come farò a levarmi gli stivali! — Carletto...

CARLETTO
Mi comanda.

GARBINI
Dammi il mio alpenstok.

CARLETTO
Eccolo.

GARBINI
Questo è il simbolo dell'alpinismo, non è vero?

CARLETTO
Il simbolo?...

GARBINI
Sì, l'insegna, la divisa degli alpinisti.

CARLETTO
Ah! sissignore.

GARBINI
Bene, spezzalo in due.

CARLETTO
Ma...

GARBINI
Spezzalo in due col ginocchio, così... (fa il gesto).

CARLETTO
Se al signore non serve più...

GARBINI
Ne dubita! Ebbene?

CARLETTO
Ebbene, se volesse farmene un regalo...

GARBINI
Hai delle voglie...?

CARLETTO
Oh non signore! lo venderò a qualche turista.

GARBINI
Il mio bastone? Che abbia da essere complice di un'altra ascensione? Quanto lo venderesti?

CARLETTO
Una lira.

GARBINI
Tieni, sono due: rompilo.

CARLETTO
Grazie! (lo spezza). Così?

GARBINI
Sì, dammelo (mette i due pezzi sul fuoco). E così possa incenerirsi per sempre...

STEIGER
Se il signore desidera offrirmi un bicchiere di cognac...

GARBINI
Lo desidero, amico mio. — Carletto...
(Carletto cava da un armadio bottiglia e bicchierini).

GARBINI
E gli altri?

CARLETTO
Chi, gli altri?

GARBINI
Quei signori!

CARLETTO
Dormono.

GARBINI
Dormono! Hanno dormito, hanno riposato la notte intera, come prescrivono le leggi della natura! Che ore sono? (guarda). Le otto: ho camminato sei ore!

STEIGER (bevendo)
A quest'ora saremmo al secondo piano del ghiacciaio.

GARBINI

Ah sì?... e poi negano la Provvidenza!

STEIGER

A mezza strada dal Lyskamm.

GARBINI

Che bella cosa non esserci!

CARLETTO

Il signore si è lasciato impaurire per un po' di piova.

GARBINI

Impaurire no..., me l'ha tolta la paura. Amico mio! Quanto ho benedetta quell'acqua! alle prime goccie ho ordinato il front indietro. Si era appena arrivati sul ghiacciaio. Non ho il rimorso d'essermi bagnato un solo capello nell'andata... l'ho pigliata sì, ma nel ritorno.

STEIGER

Il signore non è del Club Alpino?

GARBINI

No, sarò il fondatore d'un club per la pianura.

STEIGER

È una cosa che segue tutti i giorni in montagna. È piovuto mezz'ora, e di nuovo il sole.

CARLETTO

Anche ieri sera un acquazzone.

GARBINI

L'ho sentito da stare in letto.

CARLETTO

Non tutti all'albergo possono dire altrettanto.

GARBINI

Cioè?

CARLETTO

Qualcheduno l'ha pigliata.

GARBINI

L'acqua di ieri sera? Chi?

CARLETTO

Una signora ed un signore.

GARBINI

Chi sono questi miei colleghi? Dimmelo, dimmelo.

CARLETTO

La signora non l'ho ravvisata; l'ho veduta stando in cucina che entrava correndo, e la si è chiusa in camera.

GARBINI

Diamine! E il signore è entrato con lei?

CARLETTO

Dieci minuti dopo; ma in uno stato...!

GARBINI

E l'hai ravvisato, lui?

CARLETTO

Il signor Baldassarre.

GARBINI

Davvero? A che ora?

CARLETTO

Alle otto e mezzo.

GARBINI

Diamine!

STEIGER

Il signore non comanda altro?

GARBINI

No, altro.

STEIGER

Il signore capisce che ho perduta la giornata. Ho ricusato due inglesi.

GARBINI

Mi muto d'abito, e poi torno ed accomoderemo.

STEIGER

Sissignore.

GARBINI

Tieni, Carletto; il vestito ce l'ho da cambiarmi, ma il cappello è uno solo; fallo seccare (glie lo dà).

CARLETTO

C'è un forno apposta, e in dieci minuti...

GARBINI

Bravo! — Ah! dacchè gli altri sono anche a letto, non dire nulla della mia spedizione.

CARLETTO

Che non abbiano a riderne.

GARBINI

Sei intelligente. Dirai che non mi sono svegliato in tempo.

CARLETTO

Stia tranquillo (Garbini entra in camera).

SCENA II.

Steiger, Carletto, poi Baldassarre.

STEIGER

Di che paese è quella marmotta?

CARLETTO

Chi lo sa?

STEIGER

Dev'essere uno spiantato.

CARLETTO

Perchè?

STEIGER

Perchè è un lusso da gran signore quello di rompersi la testa (per partire).

CARLETTO

Non ne avranno di bisogno. — Dove vai?

STEIGER

All'altro albergo a pescare inglesi.

CARLETTO

Quelli l'arrischiano la testa.

STEIGER

Come se non l'avessero. — Oh bada, vien gente.

CARLETTO

To' portami giù al forno il cappello del tuo alpinista; io devo badare qui.

STEIGER

Bene (via).

BALDASSARRE (entrando)

Carletto?

CARLETTO

Mi comandi.

BALDASSARRE

Dormono tutti ancora?

CARLETTO
Nessuno ha dato segno di vita.

BALDASSARRE (da sè)
Non vorrei che ne avesse sofferto.

CARLETTO
Il signore ha dormito bene?

BALDASSARRE
Benissimo.

CARLETTO
Buono, eh, il letto? (maliziosamente).

BALDASSARRE
Oh! perchè mi guardi così, e ridi?

CARLETTO
Io rido?

BALDASSARRE
Sì, tu, e mi secchi.

CARLETTO
Dopo l'umido di ieri sera...

BALDASSARRE
Di'?... mi pare che hai dello spirito.

SCENA III.

Livia e detti.

BALDASSARRE
(appena la vede le si avvicina con galanteria)
Oh! ben levata?

LIVIA
E lei?

BALDASSARRE
Benissimo.

LIVIA
Ho fatto tardi, ma quel tempaccio...

BALDASSARRE
È vero.

CARLETTO (da sè)

Che fosse lei... la... (s'accosta).

BALDASSARRE
Che fai lì?

CARLETTO
Metto ordine.

BALDASSARRE
Va via.

CARLETTO
Ma...

BALDASSARRE
Levi tanta polvere.

CARLETTO
Se non spazzolo.

BALDASSARRE
Andiamo... quando dico...

CARLETTO
Sissignore. (uscendo, fra sè) Era lei. (via).

BALDASSARRE
Ha dormito bene?

LIVIA
Un sonno solo.

BALDASSARRE
Non le ha dato fastidio quell'umidaccio?

LIVIA
Oh le stanze sono riparate bene. — E lei? Come è stato contento della sua serata di ieri?

BALDASSARRE
Me lo domanda! Ho maledetto il tempo... ma...

LIVIA
Ha preso acqua?

BALDASSARRE
Oh molta!

LIVIA (da sè)
Chissà com'è andata? (forte) Diceva che ha maledetto il tempo, ma...

BALDASSARRE
Ma ho benedetto il genere umano!

LIVIA
Grazie per quel che me ne tocca. — Dunque in complesso?

BALDASSARRE
In complesso spero... che... il primo passo... chiami il secondo.
(Livia lo guarda sorpresa)
È sempre intenzionata di partire oggi?

LIVIA
No, domani o dopo.

BALDASSARRE
Grazie!

LIVIA
Ma...

BALDASSARRE
Ed io spero che... quanto era disposta a concedermi ieri... non vorrà negarmelo...

LIVIA
Oh! la stia tranquillo. Quanto era disposta a concederle ieri, non glielo negherò mai!

BALDASSARRE
Avevo una tal paura che ne avesse sofferto...!

LIVIA
Sofferto?...

SCENA IV.

Garbini e detti.

GARBINI
Buon giorno, signora Livia.

BALDASSARRE
Garbini! non sei partito!

GARBINI
Non mi hanno svegliato in tempo.

BALDASSARRE
L'avrei giurato.

LIVIA (fra sè)
Oh come è andata? (forte) E la signora Emilia?

42

BALDASSARRE
Si sta vestendo, credo. Non mi ha lasciato entrare in camera sua.

GARBINI
Le è passato il mal di testa?

BALDASSARRE
Credo di sì.

LIVIA
Vuol dire che si potrà fare la nostra solita passeggiata.

GARBINI
C'è un freddo...!

BALDASSARRE
Che ne sai tu?
GARBINI
Mi sono affacciato alla finestra vestendomi.

LIVIA
Bisognerà coprirsi per andar fuori?

GARBINI
Oh sì, molto.

LIVIA
Vado a mettermi il mantello.

BALDASSARRE
Vuole che...

LIVIA
No, faccio in un momento. (via).

SCENA V.

Garbini e Baldassarre.

BALDASSARRE (guardando dietro a Livia)
Simpatica donna! Come è elegante!!

GARBINI
Ci siamo di nuovo. Ma non lo capisci che ti canzona, che non leva un dito, che non apre bocca, che non ti guarda se non per canzonarti?

BALDASSARRE
Oh senti, Gaspare mio, sai che mi secchi? Ieri potevi dire, e mi hai quasi impensierito, oggi so quello che so, e ne so più di te. E basti!

GARBINI
Ti compiango.

BALDASSARRE
Imbecille!

GARBINI
Mi fai rabbia.

BALDASSARRE
Lo credo.

GARBINI
Pensare che ti sono parente.

BALDASSARRE
La, la larà, larà, larà!

GARBINI
Oh! (prende un giornale e siede).

BALDASSARRE
(dopo una pausa non resiste al solletico della vanità)
Gaspare, Gaspare.

GARBINI
E poi?

BALDASSARRE
Con te posso parlare?

GARBINI
Sì. E poi?

BALDASSARRE
Le ho data la lettera.

GARBINI
Lo so.

BALDASSARRE
Sai cosa c'era in quella lettera?

GARBINI
Sì, un appuntamento.

BALDASSARRE
Ebbene...

GARBINI
Ebbene?

BALDASSARRE
È venuta.

GARBINI
Quando?

BALDASSARRE
Ieri sera.

GARBINI
Per isbaglio.

BALDASSARRE
In un luogo recondito.

GARBINI
E che ti disse?
BALDASSARRE
Non mi ha detto nulla.

GARBINI
Ah!

BALDASSARRE
Come è vero Iddio! è venuta e faceva mezzo buio. Io l'aspettavo da un quarto d'ora, poco lungi di qui, alla cascata. All'ora precisa eccola comparire, ma per disgrazia, giusto in quel punto si scatena il temporale con una violenza spaventosa. Io muovo ad incontrarla... S'era a trenta passi... quando scoppia il tuono, essa dà un grido e fugge correndo.

GARBINI
Ah, ah, ah!

BALDASSARRE
Io dietro...

GARBINI
Ah! ah, ah!

BALDASSARRE
Oh! non ridere.

GARBINI
No, non rido; e tu dietro.

BALDASSARRE
Ma c'erano tali sassi...

GARBINI
Che sei caduto?

BALDASSARRE
Caduto... no... ma...

GARBINI
Ma quasi. E non l'hai raggiunta?

BALDASSARRE
No, ma... Zitto; mia moglie.

SCENA VI.

Emilia, detti, poi Livia.

BALDASSARRE
La signora Livia ti aspettava per il passeggio.

EMILIA
Eccomi.
GARBINI
Ben levata?

EMILIA
Grazie!

BALDASSARRE
E non fai le sorprese di trovarlo qui?

EMILIA (imbarazzata)
Ah! è vero... come mai?

GARBINI
Non mi hanno svegliato in tempo.

EMILIA
La signora Livia m'aspettava? dov'è?

BALDASSARRE
La chiamo. Signora Livia?

LIVIA (di dentro)
Eccomi

GARBINI (ad Emilia)
Siete pallida.

EMILIA
Ho dimenticato di fingere la sorpresa..... avete visto come l'ha notato subito?

GARBINI
Chi?

LIVIA (entrando)
Andiamo? — Signora Emilia...

EMILIA
Signora Livia... Ai loro comandi.

LIVIA
Così viene?

EMILIA
Come?

LIVIA
Non si mette lo scialle?

EMILIA (con imbarazzo)
Oh non occorre.

GARBINI
Anzi, c'è un freddo!

EMILIA (piano)
Tacete.

GARBINI
Ma no, davvero... vi piglierete un malanno.

EMILIA (lo guarda incollerita)
Mi piace quell'aria viva.

GARBINI (da sè)
Che sguardo!

BALDASSARRE
Va a prendere lo scialle.

EMILIA
No.

LIVIA
Lo consegnerà a suo marito.

GARBINI
O a me.

EMILIA
Dobbiamo andare?

BALDASSARRE
Ma non ti lascio uscire così, è inutile. Conosco la montagna.

EMILIA
Quando dico che non occorre, c'è bisogno di insistere? Sono coperta fin troppo, andiamo.

BALDASSARRE (avviandosi alle stanze)
Lo piglierò io.

EMILIA
No, Baldassarre.

BALDASSARRE
È inutile. (via).

LIVIA (da sè)
Che paura!

EMILIA (piano a Garbini)
Disgraziato!

GARBINI (sorpreso)
Eh?

LIVIA
Mi rincresce, dacchè la contraria tanto, di essere stata io a proporre...

EMILIA (tutta smarrita)
Oh non fa.

BALDASSARRE
(ritornando collo scialle tutto bagnato)
Che vuol dir ciò?

EMILIA
Ah!

GARBINI
Che cos'è?

BALDASSARRE
Senti... una spugna! gronda ancora (spremendolo).

LIVIA (da sè)
Dunque c'è andata!

BALDASSARRE (ad Emilia)
Com'è stato?

EMILIA
Non so capire...

BALDASSARRE
Ecco perchè non lo volevi pigliare.

EMILIA
Ebbene sì... l'ho dimenticato sulla finestra ieri sera.

BALDASSARRE
Se c'è il tetto che sporge.

LIVIA
Io ce n'ho due per fortuna. Gliene darò uno de' miei.

BALDASSARRE
Però vorrei sapere...

LIVIA
Oh Dio! Che vuol saperne di più! È bagnato, ecco. Se non lo sa neanche la signora Emilia come è andata!

EMILIA
No... non...

SCENA VII.

Orazio e detti, poi Carletto

GARBINI
Oh! il dottore.

ORAZIO
Non sei partito?

GARBINI
No.

LIVIA (ad Orazio)
Ancora in collera?

ORAZIO (serio)
Oh no!... perchè in collera?

GARBINI (piano ad Emilia)
Ma come mai quello scialle...?

EMILIA
E osate domandarmelo?

GARBINI
Io!

ORAZIO
Signori, una novità!

TUTTI
Oh! Che cos'è?... una novità?

ORAZIO
Un fatto strano, quasi meraviglioso, quasi fantastico, seguito ieri sera.

BALDASSARRE (da sè)
Diavolo!

EMILIA
Ah!

GARBINI
Sentiamo.

LIVIA
Dunque?
ORAZIO (che li ha tutti osservati, da sè)
Fingono. (forte) Sissignore ieri sera... mentre pioveva a rovescio ed alla mezza luce dell'alba lunare, ai pochi indigeni di Gressoney che rimanevano sull'uscio di casa a respirare l'aria piovana, toccò la rara sorte di assistere ad una apparizione!

BALDASSARRE
Un'appariz...

EMILIA (a Garbini piano)
Fatelo tacere.

GARBINI
Ma...

ORAZIO
Anzi a due apparizioni.

LIVIA
Come due! (subito)

ORAZIO
(che non la perdeva di vista, credendo che siasi tradita)
Ah!... Due fantasmi, due forme di donna, le quali a pochi minuti d'intervallo l'una dall'altra e dai due lati opposti dell'albergo...

EMILIA
Fatelo tacere.

GARBINI
Ma... (ad Orazio) per chi ci pigli a raccontarci di simili storie? (piano) Sta zitto.

ORAZIO
Sei tu che mi dici...?

GARBINI
Sta zitto! (forte) E la passeggiata...?

BALDASSARRE
Sì, sì, a passeggio... il dottore vuol ridere.

ORAZIO
Può darsi... dacchè ne so abbastanza.

BALDASSARRE
Ne sa...

LIVIA
Lo lascino dire.

BALDASSARRE
Andiamo? Garbini, dà il buon esempio.
GARBINI
Subito. (s'avvia).

LIVIA
Non prende il cappello?

GARBINI
(Diavolo!)... Ah sicuro... il cappello.

BALDASSARRE
Presto.

ORAZIO (a Livia)
Spero non mi negherete una spiegazione.

LIVIA
Ma quante ne vorrete.

ORAZIO
Peccato che vi siate tradita da voi stessa!

LIVIA
Che farci? non si è perfetti.

GARBINI
Non lo trovo.

LIVIA
Che cosa?

GARBINI
Il mio cappello.

BALDASSARRE
L'avrai lasciato in camera.

GARBINI
No, no, l'avevo un momento fa. (da sè) Come faccio adesso?

CARLETTO (entrando col cappello di Garbini)
Ecco qui... (vedendo gli altri si trattiene) Ah!

ORAZIO
Che cos'è?

CARLETTO
Nulla, portavo al signore...

GARBINI
Ah bravo! (prende il capello).

ORAZIO
Come mai l'aveva Carletto?

GARBINI
Glielo aveva dato per farlo spazzolare.

LIVIA
Oh! in quale stato!

GARBINI
Che cosa?

LIVIA
Il suo cappello. Ha l'ala mezzo bruciata...

GARBINI
Oh!

EMILIA (impaurita).
Oh mio Dio!

CARLETTO
Sissignore, è stato per la furia nel farlo asciugare.

ORAZIO e BALDASSARRE
Asciugare!!

GARBINI
Patatrach!

EMILIA
(Sono perduta!)

LIVIA (da sè).
Che vuol dir ciò?

BALDASSARRE (a Garbini)
Fa vedere.

GARBINI
Ecco... dirò... perchè...

CARLETTO (da sè).
L'ho fatta!... Scappo (p. p.).

ORAZIO
Carletto?

CARLETTO
Mi comanda.

ORAZIO
Rimani un momento.

LIVIA
Si va o non si va?

ORAZIO
Che fretta!

LIVIA
Signor Baldassarre...?

BALDASSARRE
Eh? ho altro in testa adesso.

LIVIA
Sanno che finirò per andar sola?

ORAZIO (piano)
Avete paura?

LIVIA
Signora Emilia, mi vuol tenere compagnia?

EMILIA
Grazie, non sto troppo bene.

LIVIA
Nessuno si muove?.. A rivederli.

ORAZIO (piano)
Questa spiegazione...?

LIVIA
Ve l'ho detto, quando vorrete. Signori... (s'avvia).

GARBINI
L'accompagno.

ORAZIO
Ti prego di rimanere.

GARBINI
Come vorrai. Signora Livia... (Livia esce).

SCENA VIII.

Detti, meno Livia.

(Orazio s'avvicina a Baldassarre).

GARBINI (ad Emilia)
Mi sapreste spiegare...?

EMILIA
Siamo perduti!

GARBINI
Ma...

EMILIA
Lasciatemi.

GARBINI
Orazio, che mi vuoi?

ORAZIO
Un momento.
(Garbini rimane in fondo comicamente)

ORAZIO (a Baldassarre)
Sa dirmi lei la ragione della venuta di Garbini?

BALDASSARRE
Per andare al Monte Rosa, diceva.

ORAZIO
Perchè non c'è andato?

BALDASSARRE
Perchè non l'hanno svegliato, dice.

ORAZIO
E ci crede lei?

BALDASSARRE
Veramente... (da sè) Oh! perchè m'interroga lui?

ORAZIO
Le guide non c'è pericolo che dimentichino.

BALDASSARRE
Non c'è pericolo.

ORAZIO
Carletto...
GARBINI
Oh senti, se mi hai trattenuto per parlare con Carletto...

ORAZIO
Un momento, non temere.

BALDASSARRE
Non temere.

ORAZIO (a Carletto)
Il signor Garbini doveva andare al Monte Rosa?

CARLETTO
Diceva.

ORAZIO
Perchè non c'è andato?

BALDASSARRE
Perchè?

CARLETTO
Perchè non s'è svegliato in tempo.

BALDASSARRE
È vero?

CARLETTO
Mi ha raccomandato di dire così.

BALDASSARRE
Ah! è stato lui che...?

ORAZIO
L'avrei giurato! — Va pure (Carletto esce). A noi, caro Garbini.

BALDASSARRE (da sè)
Ma dunque... (ad Emilia) Rientra nella tua camera.

EMILIA
Baldassarre credi...

BALDASSARRE
Ho detto! ed aspettatemi.

EMILIA
Oh mio Dio! (via).

SCENA IX.

Orazio, Baldassarre, Garbini.

BALDASSARRE
Perdoni, dottore, vorrei dire due parole a mio cugino.

ORAZIO
L'ho trattenuto io.

BALDASSARRE
Si tratta di un affare.

ORAZIO
E anch'io.

BALDASSARRE
Ho fatto ritirare mia moglie apposta.

ORAZIO
Dopo di me. Lei non può avergli a dire le stesse cose.

GARBINI
Sbrigatevela fra voi altri... non ho fretta.

BALDASSARRE
La prego caldamente...

ORAZIO
Ma...

BALDASSARRE
Due minuti...

ORAZIO
Li può aspettar lei due minuti.

GARBINI
Intendiamocela in tre da buoni amici!

BALDASSARRE
Amici!

GARBINI
Parenti, con te.

BALDASSARRE
Se si può essere più sfacciati!

ORAZIO
Oh insomma, cedo all'età.
BALDASSARRE
Grazie.

ORAZIO
Aspetto dabbasso... appena ha finito...

BALDASSARRE
L'avverto.

ORAZIO
Bene (via).

GARBINI
Meno male, uno alla volta!

SCENA X.

Garbini e Baldassarre.

(Baldassarre prende lo scialle da una mano, il cappello di Garbini dall'altra, poi viene a piantarsi in faccia a Garbini, senza profferire parola. — Pausa).

GARBINI
Vedo.

BALDASSARRE
Che vuol dir ciò?

GARBINI
Lo scialle di tua moglie e il mio cappello.

BALDASSARRE
Pensa che un'ora fa qui, ti parlavo come ad un amico!

GARBINI
Lo penso, e poi?

BALDASSARRE
Sapresti dirmi perchè questo scialle...

GARBINI
È bagnato? Non te lo so dire, in parola d'onore.

BALDASSARRE
Parliamo chiaro.

GARBINI
Non domando di meglio.

BALDASSARRE
Come mai il tuo cappello è ridotto così?

GARBINI
Perchè è bruciato; quell'animale di Carletto!

BALDASSARRE
Perchè l'hai dato a Carletto?

GARBINI
Se l'ha detto lui: per farlo asciugare.

BALDASSARRE
Perchè?

GARBINI
Perchè era bagnato.

BALDASSARRE
Come lo scialle di mia moglie?

GARBINI
Di più, di più, molto di più!

BALDASSARRE
Come va?

GARBINI
Ha pigliato la piova.

BALDASSARRE
Ah! confessi?

GARBINI
Non lo posso negare.

BALDASSARRE
Confessi! Non c'è più amicizia, non c'è più parentela, non c'è più rispetto ai sacri vincoli...

GARBINI
Baldassarre!

BALDASSARRE
Lo confessi!

GARBINI
Baldassarre!

BALDASSARRE
Com'è andata?

GARBINI
Oh! Signore Iddio misericordioso! ma tu sei impazzito del tutto, del tutto, del tutto?

BALDASSARRE
Rispondimi: quando... ieri sera?

GARBINI
Ma che cosa?

BALDASSARRE
La... la... piova.

GARBINI
No, stamattina.

BALDASSARRE
Non è vero.

GARBINI
Mi ero avviato al Monte Rosa...

BALDASSARRE
Non è vero.

GARBINI
Colla guida.

BALDASSARRE
Non è vero.

GARBINI
Oh senti: il cappello è mio, è mezzo bruciato, peggio per me; era inzuppato, peggio per me che non ne ho altri, ma è mio e ne posso fare quello che mi piace, e non dico una parola di più, cascasse il mondo!

BALDASSARRE
Gaspare... vado in bestia...

GARBINI
Non hai che da rimanere in te stesso.

BALDASSARRE
So tutto.

GARBINI
Oh bene! dimmelo a me. Sarà come tu vuoi.

BALDASSARRE
Tu sei uscito ieri sera.

GARBINI
Sì, e poi...?

BALDASSARRE
Lo confessi?

GARBINI
Sì, e poi?

BALDASSARRE
A notte.

GARBINI
Sicuro. È un gusto.

BALDASSARRE
Hai trovato la scusa dell'ascensione per giustificare la tua assenza.

GARBINI
Bravo!

BALDASSARRE
Ma eri venuto apposta.

GARBINI
S'intende. E poi?

BALDASSARRE
Come e poi?

GARBINI
Sì, avrò fatto qualche cosa...

BALDASSARRE
Spero bene che non avrai fatto nulla!

SCENA XI.

Carletto e detti.

CARLETTO
Il dottore Orazio mi manda...

BALDASSARRE
Che aspetti!

CARLETTO
Dice appunto che è stanco d'aspettare.

BALDASSARRE
Si riposi!

CARLETTO
Ma...
BALDASSARRE (impazientito).
Va via! (Carletto scappa via).

GARBINI
Baldassarre vieni qui. Ti giuro che non capisco una parola. — Calmati e spiegati.

BALDASSARRE
Tu ieri sera sei uscito con mia moglie.

GARBINI
Io! io! Oh!

BALDASSARRE
Negalo.

GARBINI
Se lo nego? ma lo nego di sicuro... ma lo grido ad alta voce... ma lo proclamo al cospetto di tutti gli Dei dell'universo... ma sono disposto a darne giuramento sul Vangelo! Io... con... tua moglie? Oh! oh! oh!

BALDASSARRE
Devi dire così.

GARBINI
Se fosse stato, non se ne sarebbe accorto... non è... bisogna bene...

BALDASSARRE
Spiegami lo scialle...

GARBINI
Non te lo so spiegare... non so, non so, non so!

BALDASSARRE
Il tuo cappello...

GARBINI
E dàlli!... Sono partito pel Monte Rosa stamattina... è piovuto e sono tornato indietro.

BALDASSARRE
Perchè non l'hai detto?

GARBINI
Perchè...

BALDASSARRE
Perchè hai imposto a Carletto di...

GARBINI
Perchè...

BALDASSARRE
Perchè ieri sera quella scusa...

GARBINI
Ma...

BALDASSARRE
Sentiamo, su, parla; non domando di meglio... giustificati, ridona la calma...

GARBINI
Senti...

BALDASSARRE
Perchè il terrore di mia moglie? perchè quel contegno di colpevole?

GARBINI (scoppiando).
Oh! lasciami o la faccio grossa, la faccio grossa!

SCENA XII.

Carletto (tornando) e detti.

CARLETTO
Il dottore mi manda a dirle che se lei non scende, salirà lui in persona.

GARBINI
Bravo! digli che venga.

BALDASSARRE
No.

GARBINI
Sì; voglio raccontargli ogni cosa.

BALDASSARRE
Disgraziato!... disonorarmi?

GARBINI
Che venga subito.

BALDASSARRE
No, vado io. Vado, ma ci ritroveremo... ti prometto che ci ritroveremo!

GARBINI
Sì, quando vorrai.

BALDASSARRE (s'avvia, poi torna).
Te lo prometto! (Via con Carletto).

SCENA XIII.

Garbini, poi Emilia.

GARBINI
Oh! (si lascia cadere su d'una poltrona spossato).

EMILIA (entrando).
Ebbene?

GARBINI
Ah siete voi? Baldassarre è matto!

EMILIA
Oh mio Dio!

GARBINI
Pretende che ieri sera io sia uscito con voi.

EMILIA
Avete negato?

GARBINI
Non mi lasciava dire.

EMILIA
È inutile, sa tutto.

GARBINI
Sa tutto?

EMILIA

Oh! che abbiamo mai fatto!

GARBINI

Ma che abbiamo fatto, in nome di Dio?

EMILIA

Oh! se sapeste, se sapeste... le idee che mi corsero per la testa ora di là, mentre sentivo qui la sua voce incollerita!... non distinguevo le parole, ma... sentivo... Ho persino pensato di fuggire con voi!

GARBINI

Con me? Sentite, Emilia... No, lasciatemi dire. Ho inteso parlare di certi paesi dove l'acqua che si beve esercita una influenza nociva sugli organi del cervello. Ebbene, a vedere quello che mi segue qui... a sentire Orazio, Baldassarre e voi, ho una grande paura che...

(Emilia vuole parlare).

GARBINI

No, ragioniamo calmi... a momenti viene quell'altro... Che cos'è stato? Come mai il vostro scialle e il mio povero cappello possono avere generato una tale Babilonia?

EMILIA

Oh! ma è una impudenza!

GARBINI (da sè).

È l'acqua, non c'è che dire!

EMILIA

Perchè in fin dei conti non ho nulla a rimproverarmi con voi.

GARBINI

Nulla affatto.

EMILIA

Sono stata un po' civetta... un po' debole...

GARBINI

Oh! così poco!...

EMILIA

Ed io non credevo che di continuare le nostre passeggiate di Pegli...

GARBINI

Ah! le nostre passeggiate.

EMILIA

E la vostra lettera istessa non può...

GARBINI

La mia lettera?

EMILIA
E avrò il coraggio di mostrarla a mio marito.

GARBINI
Quale lettera?

EMILIA
Quella d'ieri; non ce n'è altre.

GARBINI
Quella d'ieri! (Da sè) È l'acqua! — Dunque io ieri vi ho scritto una lettera?

EMILIA
Non vi manca che di negarlo.

GARBINI
No, no; non nego più nulla.

EMILIA
Lo potete fare, non c'era il nome. Siete prudente!

GARBINI
Non c'era il nome?

EMILIA
Ora comprendo quella calligrafia rotonda!

GARBINI
Era scritta in rotondo? Ah!

SCENA XIV.

Orazio e detti.

(Orazio entra e sta in fondo).

GARBINI
Una lettera con un appuntamento?

EMILIA
Ma...

GARBINI
Con un appuntamento per ieri sera?...

EMILIA
Sì.

GARBINI (raggiante)
Ma era della signora Livia!

ORAZIO (con impeto)
Ah! è vero?

GARBINI
Quest'altro adesso!

ORAZIO
Quella lettera era della signora Livia?

GARBINI
Cioè...

ORAZIO
L'hai detto or ora. La signora Emilia lo può attestare... L'ha detto?

EMILIA
L'ha detto... Ma ecco la signora Livia.

SCENA XV.

Livia e detti.

GARBINI
Ah! Signora Livia, io non ho più speranza che in lei, mi metto nelle sue mani; le giuro che un'ora simile a quella che ho passata non mi era toccata ancora in vita mia! Ho invocato in cuore i ghiacciai, i crepacci, le valanghe, l'ombra di sir Braddon, il finimondo, pure di liberarmi da questo labirinto. Ho maledetto la piova di stamane che mi ha fatto tornare indietro!

LIVIA
Ah! s'era avviato?

GARBINI
Sissignora. S'immagini che per una certa lettera, che lei deve conoscere...

LIVIA (sorridendo)
Prima di tutto annunzio al signor dottore che i fantasmi non furono due, ma uno solo, il quale partì da una parte e tornò dall'altra.

EMILIA
E...

LIVIA
Permetta... Ho assunte le necessarie informazioni... Ed ora, prima di svelare il mistero, prego la signora Emilia di venirmi alleata...
(Emilia inquieta).

LIVIA
Tacendo..., mi permettano di chiamare loro due a giudici della condotta di un signore di mia conoscenza.

ORAZIO
Ma...

LIVIA
Lei non ha la parola!

GARBINI
Brava! gliela levi.

ORAZIO (minaccioso)
Con te...!

LIVIA
Che ne dicono di un signore, il quale fa ad una donna rispettabile l'onore di chiederne la mano, che quasi l'ottiene, e poi per un nonnulla, per una parola afferrata di volo, male intesa e peggio interpretata, per una combinazione fortuita di circostanze da commedia, edifica contro questa rispettabile signora un intero edifizio di sospetti, l'uno più oltraggioso dell'altro e non si rimane ai sospetti, ma contribuisce a sollevare una tempesta, in un bicchier d'acqua se vogliono, ma pure una vera e rumorosa tempesta?

GARBINI
L'ho provato io! Come parla bene!

LIVIA
Se la gelosia non fosse castigo a sè stessa, se chi dovrebbe punire non fosse un giudice troppo parziale per non sentirsi inclinato alla indulgenza, io domando loro se una così irragionevole condotta non meriterebbe la più severa ed inesorabile delle punizioni?

ORAZIO
Ma...

GARBINI
Zitto!

LIVIA
Eccomi invece disposta a far grazia, ma ad un patto.

GARBINI
Accettato!

LIVIA
Il reo faccia ammenda onorevole.
(Orazio sorride).

LIVIA
No?

ORAZIO
Quando abbiate dimostrato...

LIVIA
No, prima.

GARBINI
Prima.

ORAZIO
E tu...?

GARBINI
Voglio morire se ne capisco nulla, ma la signora Livia ha ragione.

ORAZIO
Lo provi.

LIVIA
Ah!

GARBINI
Presto, presto.

LIVIA
Orazio vi prego di domandarmi scusa.

ORAZIO
Ma...

LIVIA
Nessun ma, ve ne prego.

ORAZIO
Ebbene... vi chiedo scusa.

LIVIA
Grazie. Ed ora,... signora Emilia, ho incontrato suo marito. Non le pare che sarebbe generoso perdonare anche a lui?

EMILIA
Perdonare?

LIVIA
Gli ho promesso che sarei riuscita a tranquillarlo, e non aspetta che un mio cenno per salire... Non lo tenga più oltre in sospeso, le assicuro che è punito abbastanza.

EMILIA
Ma...

LIVIA
Glielo dica, via, che fu lei all'appuntamento che egli aveva chiesto a me.

EMILIA
Come!... era?...

LIVIA
Via, davanti a questi signori si può parlare. Sa che ho ammirato la sua perspicacia! Come ha fatto a capire che quella lettera era di suo marito?

GARBINI
Oh!

EMILIA
Eh... ne conosco lo stile.

ORAZIO
Quella lettera era...?

LIVIA
Sicuro. Si è vendicata con molto spirito!

EMILIA (ride)
Oh! oh! Lei avrebbe fatto altrettanto!

LIVIA
Lo chiamo?

GARBINI
Lo chiamo io. Ah! ah!... Credano che respiro. — Baldassarre... Baldassarre. — Ho pensato d'impazzire!

ORAZIO
E non sa nulla ancora?

LIVIA
Nulla.

GARBINI
Ora me la godo (Ride — ridono tutti).

SCENA XVI.

Baldassarre poi Steiger, Carletto e detti.

BALDASSARRE (entra e rimane in asso)
Ridono!?
(Tutti ridono più forte).

LIVIA
Qui, signor Baldassarre.

BALDASSARRE (brusco)
Eccomi.

LIVIA
Le ho promessa la luce.

BALDASSARRE
Ma non in presenza...

LIVIA
Oh lasci.

CARLETTO (a Garbini)
Signore, c'è la guida.

ORAZIO (sospettoso)
Che guida?

GARBINI (a Carletto)
Fallo venire.

CARLETTO (chiamando)
Steiger?

(Steiger entra).

GARBINI
Dunque quanto vi do?

STEIGER
Mi dia metà prezzo. Ho perduto la giornata.

GARBINI
Metà prezzo di che?

STEIGER
Siamo andati fino al ghiacciaio.

BALDASSARRE
Quando?

STEIGER
Stamattina; e poi il signore ha avuto una tal paura per un po' d'acqua...

GARBINI
Paura!

BALDASSARRE
Ci sei andato?

GARBINI
Se te l'ho gridato nelle orecchie!
(Tutti ridono).

BALDASSARRE
E il tuo cappello...?

GARBINI
Stamane.

BALDASSARRE
E lo scialle?

LIVIA
Ne domandi a sua moglie.

BALDASSARRE
Dunque?

EMILIA
Conosci tu questa lettera?

BALDASSARRE
La mia!... Signora Livia...?

EMILIA
Non era mio diritto sorprenderti?

BALDASSARRE
Ah! ah! eri tu? — Era mia moglie! Oh! oh!... Era lei!

GARBINI
Era lei!

BALDASSARRE
E hai presa la piova!... (Rimane un momento senza parola, poi s'avvicina a Garbini, dicendogli): Poveretta! Come mi vuol bene!

GARBINI
Me ne rallegro tanto!
(Cala la tela).

FINE DELLA COMMEDIA.